AF383707

ARIARATE,

TRAGÉDIE

En cinq Actes,

Par P. J.-B. DALBAN.

PRIX : 2 FRANCS.

PARIS.

SAINT-JORRE,   **LEGRAS,**
Rue Richelieu, 91.   Boulevart des Capucines, 25.
Mme CLAYE, rue de Grammont, 14.

BRETEAU,   **VERMOT,**
Passage de l'Opéra.   Quai des Grands-Augustins, 33.

M. DCCC LIX.

ARIARATE,

TRAGÉDIE

En cinq Actes ,

PAR P. J.-B. DALBAN.

PARIS.

SAINT-JORRE ,
Rue Richelieu, 91.

LEGRAS ,
Boulevart des Capucines , 25.

Mme CLAYE, rue de Grammont, 14.

BRETEAU ,
Passage de l'Opéra.

VERMOT,
Quai des Grands-Augustins, 33.

M. DCCC LIX.

PERSONNAGES.

ARIARATE, roi de Cappadoce.

ATTALE, frère d'Ariarate.

MITHRIDATE, roi de Pont.

NICOMÈDE, roi de Bithynie.

LAODICE, fille de Mithridate.

PHÉNICE, confidente de Laodice.

GORDIUS, confident de Mithridate.

GARDES.

La scène est à Sébaste, capitale de la Cappadoce.

ARIARATE.

ACTE PREMIER.

SCÈNE PREMIÈRE.

LAODICE , PHÉNICE.

LAODICE.

Enfin tu peux ici m'expliquer, ma Phénice,
Ce que doit espérer ta chère Laodice.
Par le ciel réservée au destin assez doux
Qui rend Ariarate aujourd'hui mon époux,
M'apprendras-tu le sort qui pour ta jeune reine,
Doit fixer à jamais le destin qui l'enchaîne ?
Amenée en ces lieux pour y former des nœuds
Qui forcent des mortels les respects et les vœux,
Je ne puis aborder, sans quelqu'inquiétude,
Des murs de ce palais la triste solitude.
Cinq fils promis jadis au plus illustre sort
En des temps rapprochés y trouvèrent la mort;
Un sixième restait, un jeune Ariarate
Qu'aux mains de leur marâtre arracha Mithridate.
Laodice était reine ; et du prince orphelin
Une autre Laodice osa briguer la main,
La sœur de Mithridate ; et ce barbare frère
Sur ce couple envié déchaîna sa colère.
La guerre en un moment dévastant ses États
Bientôt après sa chute on pleura son trépas.

A tant de trahisons pour mettre enfin le terme
Deux fils restaient au roi qu'en sa tombe on renferme;
D'en dérober le sort Mithridate envieux
Les fit dans le secret nourrir loin de ces lieux.
Des princes disparus abdiquant la tutelle,
Pour en mieux disposer enfin il les rappelle :
Voilà dans quels moments j'apprends par son soutien
Qu'au sort du prince aîné je dois unir le mien.

 La reine cependant que ce spectacle étonne
S'enfuit chez ses voisins réclamer la couronne;
Et près de Nicomède achevant son destin,
En obtient pour ses fils les secours et la main
Qu'elle ne tarde pas, dans l'ardeur qui la presse,
D'armer pour les chers fils présents à sa tendresse.

 Dans la confusion de ces troubles divers
Qu'attendre dont l'effet s'oppose à nos revers ?
Par Laodice instruit d'accourir à son aide
Pourrons-nous désarmer l'espoir de Nicomède?
Vient-il, dans un esprit de discorde ou de paix,
De ses fils secourus diviser les sujets ?
Le ciel servira-t-il les vœux de Mithridate,
Et puis–je encor prétendre au cœur d'Ariarate?
Dans les divers soupçons que j'ai lieu de former,
Voilà de quels sujets mon cœur peut s'alarmer.

PHÉNICE.

Que peut de vos soupçons importer la faiblesse
Sous le puissant aveu dont elle a la promesse?
Quel motif avez-vous de vous inquiéter
A l'approche des nœuds qu'on vous fait accepter?

Sous le brillant aspect de votre hymen prospère
Que vous fait un époux accordé par un père?
L'ardeur de vos soupçons n'est qu'un adroit détour
Qui fait dans votre plainte éclater votre amour.

LAODICE.

Il le faut avouer; du sort qui me menace
Si j'ai dans mes chagrins découvert la disgrâce,
Du rang qui m'est offert la noble majesté
A réveillé l'espoir dont mon cœur est flatté.
J'aime à voir dans les nœuds où mon amour s'empresse
Pour ce jeune monarque éclater ma tendresse,
Penchant pour qui mon cœur fut jadis prévenu,
Et dès nos premiers ans par l'âge entretenu.
Mon père vient. Grands dieux! que me faut-il apprendre?
Et dois-je sur son choix me forcer de l'entendre?

SCÈNE II.

LAODICE, MITHRIDATE, GORDIUS, PHÉNICE.

MITHRIDATE.

Enfin voici le jour à l'hymen destiné
Où des princes rivaux vous épousez l'aîné.
A son hymen déjà promise par sa mère,
Je ne mets plus d'obstacle à des nœuds qu'on diffère.
L'intérêt de l'État doit seul vous enseigner
Où votre devoir seul vous force de régner.
Sans vous, et cet appui d'un fils qui me succède,
Je ne puis enchaîner l'espoir de Nicomède;
La Cappadoce entière et livrée à deux rois
Va tromper ma puissance et passer sous ses lois.

LAODICE.

Dans des nœuds où lui seul l'intérêt nous décide
Pour prendre autant que vous cette raison pour guide,
Il faut savoir d'abord si je n'offense pas
Des devoirs où sans crime on ne s'oppose pas.
D'un accord, qu'au hasard votre intérêt suppose,
Dans des nœuds dont trop tôt vous embrassez la cause,
Sais-je si le pouvoir librement partagé
Tiendrait autant que moi le monarque engagé.
Si je n'ai d'être aimée acquis la certitude,
Qui peut de ses mépris braver l'inquiétude ;
S'il prétend se soustraire à l'ardeur de mon choix,
Pourrai-je à sa tendresse exercer quelques droits?
Il n'appartient qu'au temps de pouvoir m'en instruire,
Et d'aider les délais qu'il me convient d'élire.

MITHRIDATE.

Votre retard m'offense ; et je n'approuve pas
Qu'à des succès certains vous formiez embarras.
Votre hymen se prépare ; allez et soyez prête
De venir à l'empire assurer ma conquête.

SCÈNE III.

MITHRIDATE, GORDIUS.

MITHRIDATE.

Toi, par qui je respire, et me vois élevé
Aux honneurs souverains où je suis arrivé ;
Cher appui de ton maître, approche et viens m'apprendre
A conserver le rang que tes soins m'ont vu prendre ;
Tu sais par quels secours confiés en tes mains
Ariarate au trône acheva ses destins.

Ses deux fils éloignés bientôt avec prudence
Firent place aux grandeurs où mon règne commence;
Sur de nouveaux dangers promptement révélés
Enfin autour de moi je les ai rappelés.
Ariarate règne et succède à son père ;
Attale y sert d'excuse à son pouvoir précaire.
Mais tous deux impuissants à balancer mes droits
N'ont rien qui m'intimide au rang dont j'ai fait choix.
Auprès d'un souverain faible et sans résistance,
J'ai besoin d'un appui dont l'adroite constance
Y serve également le prince et mes secrets,
Et sans les compromettre aide à mes intérêts.
J'ai compté sur tes soins pour cet emploi fidèle,
Et pour me seconder ma faveur te rappelle.

GORDIUS.

Saurai-je quel motif, que je ne conçois pas,
Quand je vous ai servi conduit ici mes pas ?
Pour aider aux desseins d'un prince trop facile,
Il lui faut attacher un ministre docile,
Qui de ses volontés esclave obéissant
Donne à tous ses conseils un ressort plus puissant.
Que tardez-vous encor d'en occuper son frère,
Jaloux auprès de lui de cet emploi sévère?

MITHRIDATE.

Tu ne me comprends pas : pour le faire régner,
Loin d'employer Attale, il le faut éloigner.
Le roi ne peut souffrir de puissance rivale
Qui l'oblige à régner d'accord avec Attale ;
Et j'ai fait choix de toi pour l'en débarrasser.
Ta mémoire sans peine aime à se retracer

Que tu m'as fait régner, et même à ma prière
M'a long-temps avant lui débarrassé d'un père?

GORDIUS.

Ah! que me dites-vous? quel triste souvenir !
Et, seigneur, est-ce à vous de m'en entretenir?
Son père à vos succès opposait un obstacle :
Jamais le ciel sans moi n'en démentait l'oracle.
Mais que vous fait son fils? Et quel prétexte vain
Veut aux grandeurs d'un frère immoler l'orphelin?

MITHRIDATE.

Je ne m'explique pas; laissons Ariarate;
Son frère m'offre seul un succès qui me flatte.
Le roi n'a pas peut-être à m'occuper long-temps;
Mais je prétends d'Attale arrêter les instants.
    Leur fortune est réglée : Appui de la couronne
Tu peux du roi lui-même approcher la personne ;
Présent à ses conseils, tu lui prêtes ton bras,
Et du sort de l'État toi seul décideras.
    Déjà de nos revers la cause et le remède,
L'abord d'Ariarate a fait fuir Nicomède.
Il ne vient plus, jaloux de me déposséder,
Aux princes qu'il croit morts chercher à succéder;
Faire valoir les droits, les titres de leur mère
Qui d'un premier époux se portait héritière.
Il va loin d'une proie offerte à son orgueil
Dans son camp retranché cacher son double deuil.

GORDIUS.

Eh bien, plein d'un espoir que votre gloire exauce,
A son exemple aussi quittez la Cappadoce,

Faites-vous craindre ailleurs. Le Pont à vos regrets
Présente assez de gloire et de nouveaux succès.
Ne cherchez point ici de nouvelles victimes :
Rendez par vos remords vos bienfaits légitimes.

MITHRIDATE.

Quand je touche au moment qui doit me couronner,
Au trône parvenu, qui, moi, l'abandonner ?
Aux vœux que j'ai formés la carrière est ouverte,
En reculer d'un pas, c'est avancer ma perte.
Connais mieux les desseins où prétendent mes vœux,
Plaçons Ariarate au rang de ses aïeux;
Et des destins pour lui démentant l'injustice
Viens aux mêmes autels couronner Laodice.
    Tu revois la victime objet de ta pitié;
Épargnons sa présence à mon inimitié;
Détournons-en la vue.

SCÈNE IV.

ATTALE, ARIARATE.

ATTALE.

Enfin, Ariarate,
Il faut en votre honneur que ma tendresse éclate.
Que je sois le premier au sein de vos États
Qui vous rouvre un palais où vous portez vos pas!
Et qui pour souverain vous doive reconnaître
Dans ce nouvel asile où je reçois mon maître.

ARIARATE.

Oui; Mithridate enfin touché de nos malheurs
Nous rappelle en ces lieux célèbres par nos pleurs.

Il veut que je sois roi ; la naissance avec l'âge
Me donnent sur mon frère encor cet avantage.
Régnons, puisque ce droit qui les surpasse tous
Par ma tendresse aussi doit l'emporter sur vous.
Vous voyez le séjour des rois de notre race,
Quel triste souvenir ce palais nous retrace !
Cinq fils, à nos regrets vainement rappelés,
Déjà même avant nous y furent immolés.
S'ils avaient pu garder leur étroite alliance
Ils vivraient, soutenus par leur seule constance.
Depuis lors, sans espoir de les revoir jamais,
Nous fûmes exilés des murs de ce palais ;
Quand bientôt se prêtant aux vœux de Nicomède,
Mithridate vainqueur nous rappelle à son aide ;
Il veut, en s'assurant des droits de nos aïeux,
Empêcher ce héros d'en bannir ses neveux.
Voilà de quel motif la faveur nous rappelle
Et rend de notre exil la rigueur moins cruelle.

ATTALE.

Nous devons tout sans doute au généreux devoir
Qui fait à Nicomède embrasser cet espoir.
Sans lui, sans le dessein qui vers lui nous ramène,
La mort seule en exil eût brisé notre chaîne.
Mais comment Mithridate, en proie à sa fureur,
Put-il sur sa famille exercer sa rigueur ?
Et qui l'a pu porter à ce dessein barbare
D'abuser sur nos jours du pouvoir qui l'égare ?

ARIARATE.

Le désir de régner, et le barbare espoir
De s'assurer lui-même un indigne pouvoir.

Depuis, de ses dangers les croissantes alarmes
L'ont fait pour s'y soustraire emprunter d'autres armes.
Il nous rappelle à lui ; prétend me couronner,
Et de plus grands bienfaits cherche à m'environner.
Nous retrouvons ici sa fille Laodice
Que l'espoir d'enchaîner par un hymen propice
Jadis à notre mère avait fait espérer
Pour le fils qu'à sa nièce elle crut assurer.
C'est elle qu'il destine à renouer la chaîne
Qu'entre nos deux maisons allait rompre sa haine ;
Il veut que cet hymen accompli sous ses yeux
Soit du respect des fils un gage à nos aïeux.

ATTALE.

Après ce qu'il a fait ; que sa rage adoucie
Sert de déguisement à son âme endurcie ;
Je craindrais cet hymen, je le soupçonnerais
De vous sacrifier à ses seuls intérêts :
Redoutez de sa main la main de Laodice.

ARIARATE.

Avant de l'accuser avec cette injustice,
Voyons-la. Viens, mon cœur, avant de s'enflammer,
Attend d'elle un regard et l'ordre de l'aimer.

FIN DU PREMIER ACTE.

ACTE SECOND.

SCÈNE PREMIÈRE.

MITHRIDATE, NICOMÈDE.

MITHRIDATE.

C'est trop imprudemment que votre ardeur aspire
A ce trône envié dont vous briguez l'empire.
La Cappadoce entière, et soumise à ses rois,
N'offrait aucun prétexte à passer sous vos lois.
Rien ne vous engageait, vaincu par ses alarmes,
Pour elle en conquérant d'oser prendre les armes;
Et vous avez pourtant, sans ombre de traité,
Dirigé vos soldats contre sa sûreté.
C'est de quoi quelque jour vous aurez à répondre,
Quand lasse en ses États de se laisser confondre,
Elle ira vous apprendre avec un front serein
Qu'elle a pour se garder deux fils de souverain.

NICOMÈDE.

Quelque parti pour eux que vous paraissiez prendre,
Pour elle à votre tour je dois bien vous apprendre,
Qu'en danger de les perdre il a fallu s'armer
Pour défendre des jours qu'on tentait d'opprimer;
Et même en ce danger dont la mort les menace,
Se montrer s'il le faut, et régner à leur place.

MITHRIDATE.

Je vois bien en effet que de leur succéder
L'espoir vous aide fort à les recommander.
A peine sur la foi d'une légère offense,
Sans pouvoir de leurs jours contester l'existence,
A-t-on pu de quelque ombre environner leur sort;
Que se prêtant sans preuve à soupçonner leur mort,
Au nom de Nicomède, au trône qui le flatte
On est venu produire un autre Ariarate,
Que la reine leur mère a cru faire régner
Et pour leur successeur venait de désigner.
Est-ce là se conduire ainsi qu'on le suppose,
Et de vos procédés nous expliquer la cause?

NICOMÈDE.

Vous l'expliquer ainsi ce n'est pas abuser
Du droit que vous prenez de vous en aviser.
N'avez-vous pas vous-même, à la mort de ces princes
Dont la rumeur trompeuse alarmait nos provinces,
Pour un Ariarate annoncé votre fils
Désigné pour le trône au choix de vos amis?
Était-ce là régner avec magnificence?
Et mériter pour eux notre reconnaissance?

MITHRIDATE.

Il faut pour bien juger l'outrage ou le bienfait
Voir ce qu'on a pu faire, et non ce qu'on a fait.
Sais-je si des soupçons que vous avez fait naître
N'ont pas conduit mon cœur dont je n'étais pas maître ;
Et si la peur de perdre un dépôt précieux,
N'a pas contraint mes soins d'en détourner vos **yeux**?

Je vois dans leur retour, dont l'aspect me rassure,
De vos efforts contre eux l'importune mesure;
Vous ne pouvez ici du fruit de ces efforts,
Retenir les secours dispersés sur ces bords,
Et vous tenez de moi pour presser votre fuite,
L'ordre qui vous enjoint de les quitter de suite.

NICOMÈDE.

Les princes retrouvés, je n'insisterai plus
Pour leur donner des soins désormais superflus.
Ce serait à leurs droits une trop grande offense
Que d'oser sans danger en prendre la défense,
Et trop blesser l'honneur dont je vous crois jaloux,
Que vouloir sans sujet les armer contre vous.
Je quitte donc l'armée avec la Cappadoce
Et les divers États (*) dont leur gloire se hausse,
Mais sans abandonner le droit de m'informer
Des titres dont pour eux vous voulez vous armer.

SCÈNE II.

MITHRIDATE, GORDIUS.

MITHRIDATE.

Nicomède, s'il faut en croire à sa promesse,
Éloigne de ces lieux l'appareil qui nous blesse,
Mais je dois redouter qu'un plus mûr examen
N'exige de mes torts un compte plus certain,

(*) La Lycaonie et la Cilicie, données à ces princes par les
Romains en reconnaissance des services d'Ariarate, surnommé Philopator.

Et qu'il ne vienne encor, jaloux de Mithridate,
Me reprocher plus tard la fin d'Ariarate.
Dès deux fils de ce prince il se faut assurer,
Au trône chancelant dont j'ose m'emparer,
Ou toujours redouter de perdre la couronne
Sans les précautions dont un roi s'environne.
Des deux princes rivaux pour m'assurer le sort,
Je les sers, l'un par l'autre, à se donner la mort.
Je veux qu'Ariarate, en triomphant d'Attale,
En décharge à moitié l'autorité royale,
Et lui-même à son tour nous puisse témoigner
Qu'il se rend par un crime indigne de régner.
C'est ainsi de tous deux que je me débarrasse,
De l'un par l'autre ainsi que j'occupe la place.

GORDIUS.

Quand pour eux vos rigueurs sont si loin de finir,
Comment dans leur malheur les pouvoir désunir?
Et depuis si long-temps, avertis de vous craindre,
A se haïr entre eux qui pourrait les contraindre?

MITHRIDATE.

Leur haine est bien prochaine, et leur division
Doit sans peine éclater de leur ambition.
Je connais deux moyens qui pour les faire naître
N'attendent que les soins que tu voudras y mettre.
Tu sais quel sentiment doit agiter un roi
Qui ne voit, pour régner, rien au-dessus de soi?
Par la gloire attachée à ce premier supplice,
Hâte le dernier coup dont l'orgueil est complice.
Qu'il monte pour régner au trône qui l'attend,
Heureux d'y parvenir si son frère descend.

Tu peux encor, du don du cœur de Laodice,
Servir de ces rivaux l'impérieux caprice;
Qu'ils aiment pour règner, régnent pour s'enflammer,
Et de ce double attrait cherchent à s'animer.
Aide de ces amants l'ambitieuse flamme !
C'est toi que j'ai choisi pour y porter leur âme ;
Quand j'aurai réussi, viens, fais-le moi savoir.

GORDIUS.

Vous portez par ce trait mon âme au désespoir.

MITHRIDATE.

Moi !

GORDIUS

Que demandez-vous ? Et pour Ariarate,
Est-ce là tout l'accueil dont votre amour le flatte ?
Devez-vous de vos torts perdre le souvenir ?
De quels regrets pour lui mon cœur se sent saisir !

MITHRIDATE.

Il vient ; de ses desseins presse-toi de m'instruire.

SCÈNE III.

ARIARATE, GORDIUS.

GORDIUS.

J'attendais le moment de pouvoir m'introduire
Dans le palais, jaloux des regards de son roi,
Et plongé si long-temps dans le deuil et l'effroi.
Mithridate, charmé d'y voir votre présence,
Pour y mieux assurer votre heureuse alliance,
Me charge auprès de vous de l'important devoir
D'aider de mes conseils votre nouveau pouvoir.

Le premier dont pour vous je doive faire usage
Parmi les soins nombreux devenus mon partage,
C'est d'appeler sur vous toute l'autorité
Que pourrait affaiblir moins de sévérité.
Jamais un roi jaloux des droits de la naissance
N'en doit voir en ses mains diviser la puissance,
Sans craindre imprudemment de se voir enlever
Ce dont par sa faiblesse il s'est voulu priver.
Le danger d'affaiblir l'autorité royale
Vous avertit assez de redouter Attale
Qui d'abord souple, adroit, et bientôt moins soumis,
Pour l'emporter sur vous se croira tout permis.
L'obstacle prévenu de ce péril extrême
Prêt à vous arracher la puissance suprême,
La main de Laodice offerte au souverain,
Peut d'un nouvel échec vous causer le chagrin ;
Rien n'étant arrêté dans l'humeur de deux frères
Qui se peuvent trouver l'un à l'autre contraires,
Il se faut assurer qu'un penchant indiscret
Ne peut former pour vous quelque obstacle secret ;
Que rien ne peut s'offrir qui, de la part d'Attale,
Oppose à vos désirs de puissance rivale.
C'est à quoi promptement vous devez vous prêter,
Sans donner à ses feux le loisir d'éclater.

ARIARATE.

Vous m'étonnez, seigneur, et de tant de prudence
Loin que j'ose approuver l'injuste défiance,
Ma fierté s'en indigne et ne peut s'alarmer
Que des lâches soupçons que vous osez former ;

2

Que pour un frère aimé j'écoute vos alarmes !
Et contre ses desseins veuille emprunter des armes ?
Loin que l'ambition qu'en lui fait le pouvoir
Ait contre ses vertus le droit de m'émouvoir ;
Qu'il daigne seulement en écouter l'envie,
Je lui puis immoler et le trône et la vie !
Mais, seigneur, quel besoin que pour un frère aimé
Je recourre aux vertus dont je suis animé ?
Quant aux soins de garder la main de Laodice
Qu'offensent vos soupçons par la même injustice ;
Loin qu'à ce frère encor je prétende envier
Un bien qu'à ses désirs je veux sacrifier,
Si ce n'est pas assez pour en faire une reine
Des nœuds dont Mithridate a formé notre chaîne,
J'immole aux vœux d'un frère, en lui gardant ma foi,
L'ordre de Mithridate et le bonheur du roi.
Vous en parler ainsi, c'est assez vous apprendre
Que de vos trahisons je saurai me défendre ;
Combien j'estime un frère, et que c'est s'abuser,
De croire l'un par l'autre ainsi nous diviser.

GORDIUS.

Je vois avec plaisir une union si chère ;
Je vais de Laodice en informer le père.
Elle vient ; je vous laisse, et c'est assez pour moi
De servir Mithridate et d'obéir au roi.

SCÈNE IV.

LAODICE , ARIARATE.

LAODICE.

Quand le ciel vous ramène au palais de vos pères
En heureux précurseur de nos destins prospères,

M'est-il permis, seigneur, de vous féliciter
D'un retour que mes vœux s'efforçaient de hâter ?
Quel trouble a si long-temps prolongé votre absence
Et différé le jour cher à notre espérance ?

ARIARATE.

Quels que soient les moyens dont le ciel ait fait choix
Pour accomplir sur nous ses souveraines lois ;
Enfin je vous retrouve en cet heureux asile,
Si long-temps de nos cœurs le refuge tranquille !
Le choix que Mithridate en avait fait pour vous
Ne blesse point un roi devenu votre époux ;
Et je dois m'applaudir d'y revoir sa famille
Au trône qu'il destine à l'hymen de sa fille.
Régnez ; puisque l'hymen qui confondra nos rangs
Est un ordre des dieux dicté par nos parents.
Régnez, mais que l'attrait qui pour moi vous anime,
Vous y porte en amante et non pas en victime ;
Que ce soit un choix libre et non pas contesté,
Qui pour un autre époux puisse être disputé.

LAODICE.

Croire qu'à vous aimer j'ai mis mon espérance,
Pour voir à d'autres nœuds porter ma préférence !
Et quel autre, seigneur, pourrait vous disputer
Un cœur où votre amour croit vous persécuter !
Quel autre à votre hymen aurait fait cette injure,
Et tenté près de vous de me rendre parjure ?

ARIARATE.

Loin que sur un soupçon j'ose vous condamner,
C'est à vous sans détour de vous examiner ;

Et si quelque autre amant avait touché votre âme
De m'en venir vous-même expliquer votre flamme;
Et me montrer un cœur qu'on ne veut point gêner,
Que même avec plaisir je puis abandonner.
Et c'est ce qu'aussi bien je puis dire à mon frère !
Instruit à votre exemple à se montrer sincère.

SCÈNE V.

LAODICE, ARIARATE, ATTALE.

ARIARATE.

Approchez-vous, Attale, et montrez-nous un cœur
Qui sans peur se découvre et ne soit point trompeur.
Rappelés sur le trône où régnaient nos ancêtres,
Pour y rentrer en fils le ciel nous en fait maîtres ;
Nous avons à ce rang tous deux les mêmes droits,
Et pour le gouverner, le Ciel nous en fait rois.
Ne vous verrais-je pas, en véritable frère,
Vous emparer du trône où régnait notre père ?
Régnez ; par mes conseils son digne successeur,
Soyez de ses états l'unique possesseur.

ATTALE.

Non, mon frère ; le trône, à moins d'une injustice,
Ne saurait être un rang donné par un caprice.
Le Ciel, en nous formant, vous en a fait l'aîné,
Et veut plus justement vous y voir couronné.

ARIARATE.

Mais enfin, à ce droit quand pour vous je renonce,
Sans autre égard au rang que votre voix m'annonce,
Vous obstinerez-vous à m'imposer un choix
Où l'inclination ne soutient plus mes droits ?

ATTALE.

Le Ciel vous y soutient : l'âge et votre naissance.
Vous ne pouvez sans crime en braver la puissance,
Mon frère, et mieux que vous je saurai respecter
Un droit qu'il ne tient plus à vous de rejeter.

ARIARATE.

Vous le voulez ? Je cède et consens à reprendre
Un titre qu'au besoin je suis prêt à vous rendre ;
Mais un honneur plus grand vous semble réservé;
Un prix à vos vertus par le ciel conservé.
J'obtiens par ses secours la main de Laodice,
Dont je puis à vos vœux faire le sacrifice.
Si le prix de sa main peut toucher votre cœur
Et vous gagner l'objet dont je reste vainqueur ;
Mon frère, acceptez-la ; l'amitié vous en presse
Et veut de ce trésor payer votre tendresse.

ATTALE.

Non, mon frère, le prix dont vous payez ma foi,
Pour être mérité veut se donner au roi.

ARIARATE.

Ainsi, vous n'acceptez ni trône ni maîtresse.
Combien des imposteurs m'eût abusé l'adresse
Qui voulait voir en vous un frère usurpateur,
De ce double larcin coupable instigateur !

FIN DU SECOND ACTE.

ACTE TROISIÈME.

SCÈNE PREMIÈRE.

ARIARATE, ATTALE.

ATTALE.

Qu'il nous faut applaudir de revoir Laodice
Au trône où son aïeule a fait notre supplice !
Qu'elle ajoute pour nous au bienfait précieux
Qui nous rend la patrie où régnaient nos aïeux !
Mais parmi les succès dont ce retour nous flatte,
Le premier où surtout notre fortune éclate,
C'est l'accord qu'entre nous forment des nœuds secrets,
Sans crainte que l'envie ose en troubler la paix.
Le trône, à nos regards, n'est plus un avantage
Qu'il nous faille envier : il est réglé par l'âge.
De Laodice encor sans disputer la main,
Elle appartient de droit au choix du souverain.
Voilà donc, grâce au ciel, la double destinée
Que règle la fortune avec votre hyménée;
Pour vous en voir goûter la gloire et les appas,
Avec l'heureuse épouse acquise à vos états.
Que d'honneurs sur vos jours cet hymen va répandre !

ARIARATE.

D'oser y renoncer j'ai peine à me défendre.
Je crains dans des honneurs où vous ne serez pas,
Le reproche cruel d'en détourner vos pas ;

Le dessein de les fuir me coûte moins de larmes
Qu'un bonheur envieux dont vous vantez les charmes.
Mon frère, épousez-la, faites-vous cet effort?

ATTALE.

Moi, de notre amitié rompre l'heureux accord?
Pour le frivole honneur d'un hymen qui m'accuse,
Où je n'ai ni vos droits, ni l'amour pour excuse!
Un bonheur qu'entre nous l'union peut souffrir
Passe bien les faveurs que l'hymen peut m'offrir.

ARIARATE.

Je le croirais, Attale, et voudrais, mon cher frère,
Pouvoir rendre, entre nous, cette allégresse entière;
Partager la couronne et vous mieux assurer
La parfaite union qu'il s'en faut procurer.

N'avons-nous pas déjà vu l'un de nos ancêtres (*),
Pour la mieux gouverner, la remettre à deux maîtres?
Assurer à son fils ce dépôt précieux,
Qui couronnait en lui l'honneur de ses aïeux;
Et ce fils généreux du plus vertueux père,
Désavouer le don qu'on venait de lui faire;
Refuser de régner, par un noble retour,
Du vivant de celui qui lui donna le jour?
Il faut qu'ainsi pour vous ma bienfaisance éclate.

SCÈNE II.

ARIARATE, MITHRIDATE, ATTALE.

MITHRIDATE.

Attale, laissez-nous. (*Attale sort.*) Restez, Ariarate.
Enfin, vous êtes roi; de prince méconnu,
Au rang de souverain vous voilà parvenu.

(*) Ariarate, surnommé Philopator.

Mais ce titre, au mortel que sa puissance afflige,
Impose des devoirs dont la rigueur l'oblige :
Il veut, de ses égaux soigneux de s'éloigner,
Qu'il les force au respect, ou cesse de régner.
De la pourpre, en vos mains, la dignité royale
Condamne la faveur dont vous comblez Attale.
Il y faut renoncer, ou, sans ce nouveau frein,
Voir bientôt le pouvoir s'enfuir de votre main.
Évitez des périls dont ma crainte est l'indice.

ARIARATE.

Mon frère !

MITHRIDATE.

Le quitter, ou perdre Laodice.
Sans lui, sans cet effort que j'ose concevoir,
De brider Nicomède, il n'est plus d'autre espoir.
De son ambition, l'ardeur toujours croissante,
Oppose à nos délais sa force plus puissante.
Vous la vîtes vaincue, à force de combats,
Venir en votre absence envahir vos états ;
Faites, pour la braver, un effort moins timide,
Qui vous laisse jouir d'une paix plus solide.
J'ai mis dans vos conseils, et placé près de vous,
Un guide que mon zèle a pris à vos genoux.
L'éclat de votre règne est déjà son ouvrage,
Et d'Attale à vos pieds peut étouffer l'ombrage.

ARIARATE.

Attale à mes désirs n'inspire point d'effroi ;
Et vouloir l'en punir serait s'en prendre à moi.

MITHRIDATE.

Lorsqu'à tous mes avis vous vous montrez rebelle,
A vos vrais intérêts ma prudence en appelle ;

Et faute de courage, inhabile à régner,
Vous usurpez un droit qu'il vous faut résigner.
Si l'on ne le soutient, cet honneur tombe à terre,
Et jamais aux héros n'échoit que par la guerre.
Ce que vous n'osez faire, on le fera sans vous.

ARIARATE.

Sans moi; mais sans Attale! Il n'en est point jaloux.
Je vous ai déjà dit qu'aux tendresses d'un frère,
Une amitié sans borne ouvre mon âme entière.
Que voulez-vous de plus?

MITHRIDATE.

Faut-il vous l'avouer?

ARIARATE.

Parlez; défendez-vous : je n'ai qu'à m'en louer.

MITHRIDATE.

Abandonnez-le donc au dédain qu'il inspire,
Quand à vous abuser sa perfidie aspire.
Détachez-vous d'un traître, et laissez-le périr.

ARIARATE.

Attale!

MITHRIDATE.

A vos regrets mon cœur ne peut s'ouvrir :
Pour régner sûrement, faites que l'on vous craigne;
Commencez par sa mort le cours de votre règne.

ARIARATE.

Qu'osez-vous m'annoncer! Vous me faites trembler!
C'est vous; c'est moi plutôt qu'il me faut immoler.
Vouloir qu'à mon repos je sacrifie un frère!
Craignez sur vos conseils d'attirer ma colère,

Et que pour vous punir je puisse enfin m'armer !
C'est votre seul danger qui me peut alarmer ;
Et c'est trop surmonter la douleur qui m'accable !

MITHRIDATE.

C'est ce qui rend pour lui mon âme inexorable !
Je savais bien, enfin, pour te faire régner,
Qu'il est d'autres vertus qu'il te faut enseigner ;
Et dont, pour tes avis, le Ciel toujours avare,
Ne peut instruire un roi qu'ils traitent de barbare.

SCÈNE III.

MITHRIDATE, GORDIUS.

MITHRIDATE.

Eh bien, pourrai-je, enfin, par l'espoir de régner,
Toucher le prince ingrat que je veux épargner ?
Se rend-il ? Dans son cœur, tes regards ont pu lire,
Et du fruit de tes soins, il est temps de m'instruire.
Rien ne peut à mes yeux balancer son pouvoir
Et ternir les respects que je dois en avoir ;
Mais je ne puis non plus, dans un cœur sans audace,
De tous ses descendants reconnaître la race ;
Et pour un souverain que je ne puis trahir,
Donner à ses sujets le droit de me haïr.
C'est t'avouer assez que la grâce d'Attale
Du souverain à lui n'exclut point l'intervalle ;
Et qu'il faut, tôt ou tard, s'attendre à me céder
Un trône où le respect peut seul m'intimider.
J'absous dans le monarque un premier droit d'aînesse,
Dont le temps, avant moi, menace la faiblesse ;
Mais je ne puis laisser au prince son égal
Le droit trop envié d'être un jour mon rival.

As-tu, pour satisfaire à mon unique envie,
Fait tout ce qui pouvait t'assurer de sa vie?
GORDIUS.
Seigneur, j'ai vu le roi, sans trouver dans son cœur
Qu'amitié pour un frère, objet de sa douleur.
Le prince, plein pour lui de la même tendresse,
N'offre rien qui réponde aux soins dont on me presse.
Rien ne touche d'ailleurs ces deux infortunés
Dans vos profonds desseins d'avance condamnés ;
L'ambition, l'amour les trouvent insensibles
A ce qui pour tous deux nous rendrait inflexibles.
MITHRIDATE.
J'aurais cru plus aisé de pouvoir les gagner,
Ariarate donc refuse de régner?
Croit-il qu'en l'élevant, trop heureux de lui plaire,
Je le laisse régner, vivre en tyran vulgaire ?
D'un bonheur trop constant ce serait se flatter;
Et pour garder le trône il faut le mériter.
Il n'occupe la place où ma faveur l'étale
Que le temps qu'il lui faut pour triompher d'Attale ;
Un jour s'il lui suffit : et ce temps accompli
Je le laisse à son tour retomber dans l'oubli.
Au contraire rebelle, et sourd à ma puissance,
S'il tarde à s'expliquer de sa reconnaissance ;
Ingrat à la pitié que je veux en avoir,
S'il diffère à remplir cet important devoir,
D'un frère à son défaut que l'amitié nous flatte.
Emparons-nous d'Attale au lieu d'Ariarate.
Des princes compromis par leur rivalité
Qu'importe auquel des deux tient l'infidélité?

Qu'importe pour tous deux d'où peut venir l'offense
Qui doit faire sur eux retomber ma vengeance ?
Je croyais par tes soins pouvoir plus obtenir
Des projets dont tantôt j'ai su t'entretenir.
Qu'as-tu donc fait ? Comment, et par quel artifice
Puis-je ignorer encor les vœux de Laodice ?
Je t'ai chargé près d'eux d'employer son pouvoir
A presser de leurs vœux ou la haine ou l'espoir.
Que tarde Gordius de remplir sa promesse ;
D'éprouver sur leur cœur l'effet de sa tendresse ;
De leur montrer le prix qu'on en peut espérer
En les forçant pour elle à s'oser déclarer ?

GORDIUS.

Je le ferai, seigneur ; je lirai dans leur âme
L'effet de leur amour, le progrès de sa flamme ;
Mais que ce soit enfin pour presser leur bonheur
Et non dans le dessein d'un piége suborneur.
Faites de ces amants la commune allégresse
Sans prétendre au succès d'en surprendre l'ivresse.
Vous avez assez fait pour tromper leurs secrets ;
Il est temps que leurs cœurs trouvent enfin la paix.

MITHRIDATE.

Laodice paraît. Je te laisse avec elle.

SCÈNE IV.

LAODICE, GORDIUS, PHÉNICE.

GORDIUS.

Madame, dans les soins où le devoir m'appelle,
Sans blâmer les raisons, qu'il faut approfondir,
Des retards d'un hymen que je dois applaudir,

J'oserai cependant témoigner mes alarmes
De vous en voir sitôt compromettre les charmes.
Surpris de vos froideurs qu'il ne peut ignorer,
Mithridate lui-même a droit d'en murmurer.
Il se peut qu'étonné de votre long silence
Sa douleur l'attribue à votre résistance,
Et retarde à dessein des nœuds mal affermis
Que par vos cruautés vous aurez compromis.
Qu'aisément dans votre âme un amant puisse lire
Ce que plus franchement vous auriez pu lui dire;
Un aveu moins tardif et plus tôt exprimé
Pour l'amant rebuté que vous avez aimé,
Répondant aux désirs formés par Mithridate,
Pourrait vous ramener le cœur d'Ariarate;
Je vous en avertis.

LAODICE.

                    Si vous avez la foi
De pouvoir dans mon cœur pénétrer mieux que moi;
Sans trop examiner ce que peut votre zèle
Pour rendre Ariarate à mes vœux plus fidèle,
Et si pour Mithridate un désir de choisir
Peut de sa politique occuper le loisir;
Je vous dirai qu'un choix exercé par un père
Est d'un poids où l'honneur exige qu'on défère;
Que d'après ses conseils je puis me dispenser
Par mes propres clartés d'agir ou de penser.
Et que vous feriez bien de les traiter de même,
Sans vouloir rechercher qui je hais ou qui j'aime :
Je vous en donne avis.

GORDIUS.

Il faut vous rassurer
Sur le dessein qu'on ait d'oser vous pénétrer.
Croire...

LAODICE.

Laissez ; j'en sais plus que je n'en veux dire,
Et pour vous prévenir cet avis doit suffire.

SCÈNE V.

LAODICE, PHÉNICE.

LAODICE.

Va, pour eux, mon penchant s'est assez déclaré,
Et mon choix trop certain ne peut être ignoré.
Mais par ce faux-fuyant il faut que je l'amuse,
Et contre leurs rigueurs que je cherche une excuse :
Si j'ose de mes feux imprudemment m'ouvrir,
Pour les voir outrager je crains de me trahir,
Et d'aider de mon père une indigne surprise
A combattre un penchant qu'en secret il méprise.
Voilà ce qui combat un amour violent,
Et retarde un aveu qu'on ne fait qu'en tremblant.

PHÉNICE.

J'applaudis au refus dont l'exacte prudence
Sait de vos sentiments garder l'indépendance ;
Sans blâmer toutefois l'entière liberté
Où vous êtes d'agir de pleine autorité.
Vous voyez de deux fils la tendresse rivale
Aux rigueurs du destin offrir une âme égale :
Que ne l'imitez-vous ? qu'attend votre pitié
Pour adoucir leur sort d'en porter la moitié ?

LAODICE.

Je ne me presse pas ; je puis sans inconstance
Attendre le moment mûr pour ma résistance ;
Je lis plus clairement dans le sort des deux fils
Qu'au cœur de Mithridate il peut n'être permis.
Je les plains, les estime et porte avec courage
Le poids d'adversité dont le ciel les outrage.
Sous les coups dont mon âme a peine à s'isoler,
Peut-être à leur malheur il faudra m'immoler ;
Mais rien ne peut jamais arracher de mon âme
Le secret du penchant où se porte ma flamme !
Il se peut que mon père en ses vœux indécis
Passe indifféremment de l'un à l'autre fils ;
Ne porte à l'un des deux l'aveugle préférence,
Qu'à l'autre il destinait dans une autre espérance :
Que deviendrais-je alors par trop d'empressement
De hasarder l'objet d'un cruel changement ?

PHÉNICE.

Vous redoutez qu'un père à vos désirs contraire
Vous refuse un époux trop certain de vous plaire ?

LAODICE.

Phénice, je le crains : d'où vient sans ce danger
L'obstacle d'un hymen qu'il craint d'encourager ?
D'où vient si ce retard n'est dicté par un père
Le trouble d'un amour dont mon cœur désespère ?

PHÉNICE.

Cachez donc dans l'effroi dont il vous faut sortir
Le secret des chagrins qu'il vous fait ressentir ;
Laissez à votre amour l'appui de la prudence,
Et retardez encor d'en faire confidence.

FIN DU TROISIÈME ACTE.

ACTE QUATRIÈME.

SCÈNE PREMIÈRE.

MITHRIDATE, GORDIUS.

GORDIUS.

De vos discours frappé, seigneur, j'ai vu le roi
Manifester pour vous le plus terrible effroi.
Il vient à ses sujets, aux souverains eux-mêmes
D'adresser les courriers de ses ordres suprêmes,
Il se plaint d'ennemis soulevés contre lui,
Et dans un grand danger réclame leur appui.
Il semble contre vous implorer la défense
D'un pouvoir qui l'effraie ou d'un bras qui l'offense,
Et demande à s'enfuir.

MITHRIDATE.

      Que viens-tu m'annoncer?
Ainsi donc à régner le roi veut renoncer?
Avait-il cru jadis à mes ordres docile
Jouir auprès de moi d'un règne plus tranquille?
Devrait-il s'effrayer? Quel digne souverain
Aux épreuves du sort n'oppose un front serein?
S'il ne garde à son rang une noblesse égale,
Il faut l'en dépouiller, le chasser pour Attale.
Éprouve ce dernier, cours l'armer contre lui;
Et dans ce contre-temps m'en ménager l'appui.

Nous obtiendrons d'Attale, ou du moins je m'en flatte,
Les secours qu'à mes vœux refuse Ariarate.
Moins plein de sa grandeur, moins jaloux de son rang,
J'en attends un orgueil plus digne de son sang :
Ne laissons pas pourtant, en lui donnant le change,
Aux mains de son rival un pouvoir qui le venge;
Empêchons ses clameurs d'ameuter contre nous
Ceux qu'à sa dignité rallierait son courroux;
Gardons-nous de laisser échapper cette proie
Et dans les grands projets que son âme déploie,
Surprenons dans le piége et dans leurs propres traits,
Tous ceux qui contre nous forment des vœux secrets.
Fais-le garder à vue.

SCÈNE II.

MITHRIDATE, LAODICE.

MITHRIDATE.

Enfin donc, Laodice,
Je vois lever le jour à votre hymen propice ;
Mais cet hymen n'est plus, pour l'amant préféré,
Indigne du bonheur qui vous est assuré.
Ariarate règne et sa seule impuissance
Usurpe un droit acquis par l'âge et la naissance,
Sa faiblesse l'exclut du souverain honneur
Dont j'ai cru par son choix couronner son bonheur :
Je ne me flatte pas d'y servir l'indolence
A masquer d'un grand nom sa chétive importance ;
Et pour un frère aimé son penchant indiscret,
Doit l'écarter d'un rang qu'il ne tient qu'à regret.

Sur Attale aujourd'hui tombe la préférence
Que d'un choix indiscret égarait l'espérance ;
C'est à lui désormais que je prétends unir
Vos jours garants pour lui d'un plus doux avenir.
Au choix de votre époux, loin que je persévère,
Je reviens au dessein d'y remplacer son frère ;
Je retire un aveu qui pour être donné
N'a pas au moins le tort de l'avoir couronné.
Sondez donc ses desseins, et lisez dans son âme
Les dispositions qu'y verrait votre flamme
A combattre un rebelle, et prendre à notre tour
Le droit de faire un roi changé par votre amour.

LAODICE.

A vos ordres, Seigneur, ce que je puis répondre,
C'est qu'un tel changement a lieu de me confondre ;
Et que sans suspecter ce que je viens d'ouïr,
Je ne me flatte pas d'y pouvoir obéir.
Comment avez-vous pu vous figurer vous-même,
Qu'aussi prompte à haïr qu'à perdre ce que j'aime,
Je puisse à votre gré passer si promptement
De l'époux qu'on m'enlève au choix d'un autre amant ?
De l'un par l'autre ainsi me faire une victime
Et d'une perfidie autoriser un crime ;
Ce serait, sans remplir vos ordres rigoureux,
Les braver l'un et l'autre et les perdre tous deux.
Faut-il dans les tourments qu'un père me prépare,
Vous voir unir deux cœurs que votre main sépare !
Par les premiers serments qu'on ne peut oublier,
Au nom de notre hymen, j'ose vous supplier

De vouloir épargner au cœur d'Ariarate
Un affront trop cruel à l'hymen qui nous flatte !
J'emploîrai tout sur lui pour changer un époux
Qui de vous obéir va se montrer jaloux.
Ses vertueux respects, son amour pour son frère
Ne cachent point pour vous un mortel adversaire.
Cédez à des vertus qu'il vous faut respecter,
Ou tremblez des respects que je vais rétracter.

MITHRIDATE.

De ses soumissions que me fait la faiblesse !
Il s'agit d'occuper le rang que je lui laisse :
Et ce rang que du roi je ne saurais avoir,
Attale le peut seul remettre en mon pouvoir.

LAODICE.

En vain d'y parvenir l'ambition vous flatte ;
Il régnerait pour vous ; non pour Ariarate ;
Et le trône détruit, aussitôt qu'obtenu,
Verrait sous ses deux rois son pouvoir méconnu.

MITHRIDATE.

Vous refusiez tantôt d'en faire le partage,
Et pour le soutenir vous reprenez courage.

LAODICE.

J'en prends quand il le faut ; et le trône en mes mains
N'est qu'un appât trompeur sans ses vrais souverains ;
Je les dois soutenir afin de le défendre ;
Et de son maître seul je m'attends à le prendre.

MITHRIDATE.

Régnez donc ; mais sans lui, sans son frère, sans moi,
Et de mon pouvoir seul faites-vous une loi.

SCÈNE III.

LAODICE, ARIARATE.

ARIARATE.

Madame, de nos rois je vais fuir la demeure ;
Prendre congé de vous et partir à cette heure.
Ma fortune changée en prescrit le devoir,
Et loin de ce palais me crée un autre espoir.
Votre père se fait une barbare envie
Des cruels traitements qui menacent ma vie ;
Je n'ai plus qu'à le fuir, à chercher loin de lui
Aux bras d'une autre armée un plus constant appui ;
Le seul parti qui s'offre à sauver la couronne
Et rompt l'enchantement dont l'effroi m'environne.
Quel asile en ces lieux me pourrait-il rester,
Pour conserver la paix que l'on prétend m'ôter ?
Dans le cruel dessein de m'armer contre un frère,
Mithridate à mes vœux me le montre contraire ;
Me le peint toujours prêt à s'armer contre moi ;
Mais loin à ses soupçons que je puisse avoir foi,
Ma confiance en lui, mon âme entière ouverte
Sans borne en s'y livrant croit éviter ma perte.
Je vous laisse en ses mains, certaine de l'appui
Dont il peut vous aider, s'il faut compter sur lui ;
Adieu, Madame.

LAODICE.

Ah ! Prince, où va votre courage
Chercher loin de Sébaste une paix qu'on outrage ;
A quels revers cruels allez-vous vous livrer
Lorsque contre vos jours tout semble conspirer ?

Sans aller loin de nous chercher une défense,
Comptez pour vous sauver sur l'hymen qu'on offense,
Mithridate à mes vœux se laissera fléchir ;
Mais pour le désarmer n'allez pas vous offrir.
Restez ; bravez en roi la mort qu'on vous oppose ;
Au péril, pour nous craindre, elle veut qu'on s'expose.

ARIARATE.

Je le puis ; j'y consens, s'il ne tient plus qu'à moi ;
Mais du salut d'Attale il y va pour le roi ;
Il y va de la perte ou du salut du trône,
Et pour le conserver il faut qu'on l'abandonne.

LAODICE.

O ciel ! l'abandonner, vous ?

SCÈNE IV.

LAODICE, ARIARATE, NICOMÈDE.

NICOMÈDE.

    Seigneur, qu'ai-je appris ?
Mithridate pour vous, redoublant ses mépris,
Jusqu'en votre palais prétend vous faire injure ;
Il vous refuse un rang donné par la nature :
Le nom de souverain. Seigneur, maître du choix,
Venez dans mon armée y défendre vos droits ;
Faire tête à l'orage ; et sûr de le réduire,
Mithridate détruit, rentrez dans votre empire.

ARIARATE.

Est-il bien vrai, Seigneur, et que m'annoncez-vous ?
Faut-il des mêmes torts disputer entre nous ?
Et maître d'un pouvoir, qui sans moi tombe à terre,
Ne puis-je en mes États régner que par la guerre ?

Considérez les maux qu'elle a déjà coûtés,
Les rapts dont Mithridate a payé nos traités ;
Et les vôtres, Seigneur, quand par la même voie,
Vous vîntes après lui réclamer votre proie ;
Me faut-il voir en butte à ces déchirements,
Mon royaume ébranlé jusqu'en ses fondements ?
Non pas pour agrandir un modique héritage,
Mais pour les rois jaloux d'en faire le partage.
J'aurai des défenseurs dans mes propres sujets ;
Et des vengeurs plus prompts à me donner la paix.
C'est eux dont je prétends réveiller le courage
Et dont ma fermeté fait déjà mon ouvrage.

NICOMÈDE.

Quel que soit l'intérêt qui vous puisse attacher
A combattre un péril que vous allez chercher,
Je n'en poursuis pas moins la généreuse envie
De m'immoler aux soins dont dépend votre vie.
Dans l'indignation dont je me sens saisi,
De voir dans Mithridate un mortel ennemi,
Laissez-moi le devoir d'en contenter ma haine,
Et d'épuiser sur lui ma rigueur inhumaine.

ARIARATE.

De la guerre toujours m'opposer le danger,
Sans avoir d'intérêt pour elle à ménager ;
C'est de la soutenir, vouloir me faire un crime,
Au sein de mes États qu'on en rend la victime :
Écartez-en l'objet ; deux dignes héritiers,
Sont prêts à leur salut de s'offrir les premiers.
Que leur veut-on ? Tous deux nés dans le rang suprême,
Sauront s'y soutenir et l'honorer lui-même.

NICOMÈDE.

Seigneur, de vos États prêts à vous éloigner,
Un conseil important n'est pas à dédaigner.
Laissez derrière vous Attale à votre place,
La terreur d'un rebelle et de la populace ;
Cependant qu'incertain de sa fidélité,
Dans l'indécision, par ce doute excité,
Vous aurez pris sur lui de nouvelles mesures
Qui vous fassent régner sur enseignes plus sûres.

ARIARATE.

Loin qu'un pareil soupçon par moi soit écouté,
De son attachement je n'ai jamais douté.
Je connais les motifs de la haine étrangère
Qu'on veut contre son sang inspirer à mon frère ;
Et déjà ces motifs, trop faits pour l'honorer
Pour lui comme pour moi seraient à déplorer,
S'ils n'étaient réservés par un outrage insigne,
De la part de son prince, au frère le plus digne.

SCÈNE V.

LAODICE, ARIARATE, NICOMÈDE, ATTALE.

ARIARATE.

Attale, je vous quitte ; et vais loin de ces lieux
Exhaler ma tristesse et mes derniers adieux.
Recevez-les, mon frère ; enfin, de Mithridate
La cruelle rigueur sur sa famille éclate.
Je m'y dois dérober.

ATTALE.

                    Vous, mon frère, et pourquoi ?
Vous donné-je sujet de suspecter ma foi ?

Ne compteriez-vous plus sur l'amitié d'Attale ?

ARIARATE.

Je la crois pour le moins à ma tendresse égale,
Me donnez-vous sujet de pouvoir en douter ?

ATTALE.

Avec trop de rigueur ce serait vous traiter.
Non, mon frère, en vos soins trop de tendresse éclate,
Pour qu'elle trouve en moi jamais une âme ingrate ;
A moins par ses soupçons que pour nous diviser,
L'envie en veuille aux nœuds qu'elle ne peut briser,
Et que de votre cœur déjà la malveillance
N'ait tenté d'affaiblir la juste confiance.

ARIARATE.

On le voudrait sans doute ; et pour nous désunir
L'envie a tout tenté, mais sans y parvenir.
Rassurez-vous, Attale, et jugez-en, mon frère,
Par ce qu'en votre honneur ma tendresse veut faire.
Au sein de mes États je vous laisse après moi
Pour prendre leur défense et les régir en roi ;
Vous m'y conserverez l'empire et Laodice,
Exposés sans cet ordre aux coups de l'injustice.
Je reviens, quand pour vous, de péril délivré
Votre honneur et le mien pourra m'être assuré.

NICOMÈDE.

Quelque ardeur qu'on m'oppose, au sein de vos disgrâces,
Je ne vous quitte pas et marche sur vos traces !

SCÈNE VI.

LAODICE, ATTALE.

ATTALE.

Aurais-je donc d'un frère à déplorer le sort?
Et dans son changement faut-il prévoir sa mort?

Et qu'ai-je fait, ô ciel! pour m'en rendre coupable,
Qu'opposer ma tendresse au revers qui m'accable?
Que lui prouver en tout la plus constante foi;
Que le chérir en frère et respecter en roi!
Ah, Madame! plaignez ma triste destinée,
Par la perte d'un frère aussitôt terminée.
Ne me pardonnez pas le crime qui le perd.

LAODICE.

D'un soupçon si cruel vous êtes à couvert,
Vous n'êtes pas l'auteur du deuil qui vous accable;
Peut-être moins cruel seriez-vous plus coupable.
Il part : que savez-vous ce qu'il veut éviter,
Et s'il n'a pas encor sujet de vous quitter?
Seigneur, épargnez-vous vos regrets sur un frère;
Vous êtes innocent de ce qu'on peut lui faire,
Et ses derniers périls ne regardent que lui.
Sans en charger un cœur qui devient son appui,
Ne songez qu'aux devoirs que sa gloire vous laisse.

ATTALE.

Allons donc par mes soins lui prouver ma tendresse ;
Prendre en main les États dont il me veut charger,
En me laissant l'empire et sa reine à venger.
J'ai pour le délivrer d'une guerre cruelle
L'aveu de Laodice à sa flamme fidèle.
Mithridate aujourd'hui, par le destin changé,
Se refuse à l'hymen qui le tient engagé ;
Je n'en reste pas moins, lié par ma tendresse,
Fidèle aux vœux d'un frère ainsi qu'à sa maîtresse.
Venez et prêtez-moi l'appui dont j'ai besoin
Pour vous rendre un époux rappelé de si loin.

FIN DU QUATRIÈME ACTE.

ACTE CINQUIÈME.

SCÈNE PREMIÈRE.
MITHRIDATE, GORDIUS.

GORDIUS.

Il vous faut redouter la nouvelle disgrâce
Du coup dont à mes yeux le destin vous menace.
Le malheur qu'avec vous je viens de regretter
En plus tristes effets vient encor d'éclater.

MITHRIDATE.

Tu m'annonçais du roi les récentes alarmes ;
A ses accents plaintifs ta voix prêtait des larmes ;
Dans cette émotion rien ne peut donc calmer,
Les troubles indiscrets que j'ai cru réprimer?

GORDIUS.

Le roi, dont la terreur vient de presser la fuite,
D'un gros de ses sujets a composé sa suite,
Qui d'un effroi subit à sa vue alarmés
Accourent vers ces murs qu'ils tiennent enfermés :
Leurs escadrons unis aux chefs de Nicomède
A ces séditieux viennent prêter leur aide ;
Et tous se confondant en sinistres apprêts
Menacent Mithridate et demandent la paix.
Pour trouver au péril un secours nécessaire,
Il ne vous reste plus qu'à leur porter la guerre :
Ils viennent vous l'offrir.

MITHRIDATE.

          A des piéges si bas,
Pour un roi détrôné je ne descendrai pas.
J'ai prévu dès longtemps le péril qui t'étonne
Et saurai sur ma tête affermir la couronne;
Je ne veux pas le vaincre et chercher à mon tour
A pouvoir du palais lui fermer le retour:
Maître d'une prudence à son âge inconnue,
Va, ménage avec moi sa dernière entrevue,
Qu'il revienne; et prenons d'un accommodement
Le droit d'agir de force et plus ouvertement.

GORDIUS.

C'est ce que prudemment la raison vous conseille
Dans les meilleurs partis où vous prêtiez l'oreille.
Puisqu'il va loin de vous implorer des secours,
Ramenez-le à vos fins par des chemins plus courts;
Point de grâce à l'ingrat qui vous livrant la guerre
De vos chagrins secrets voudrait troubler la terre.

MITHRIDATE.

Va, j'ai trop de moyens de pouvoir me venger,
Une ombre de clémence écarte tout danger.

SCÈNE II.

MITHRIDATE, LAODICE, PHÉNICE.

LAODICE.

Seigneur, loin de ces lieux s'enfuit Ariarate;
Pour rendre à ses États une paix qui le flatte,
Quel effort Mithridate a-t-il déjà tenté?
Et comment de son sort le vois-je inquiété?

Après tout le progrès qu'il a fait dans mon âme,
Croit-il au désaveu contraindre enfin ma flamme ?
Et que tout le respect que je dois à son nom
Ne soit plus qu'un outrage indigne de pardon ?
Quittez l'aveugle espoir que jamais je consente
A l'oubli d'une foi dont mon cœur se démente :
A revoir un époux s'il me faut renoncer ;
S'il faut à l'oublier qu'on ose me forcer ;
Vous ne sauriez douter de l'appui qui me reste,
Pour changer un destin à mes vœux si funeste;
Et qu'au besoin encor je ne coure implorer
L'appui dont Nicomède a droit de l'honorer?

MITHRIDATE.

Qu'importe Nicomède au sort d'Ariarate,
Et qu'a-t-il qui ne cède aux vœux de Mithridate ?
Après sa résistance, il ne faut plus penser
Aux nœuds où le devoir l'oblige à renoncer;
Et c'est au seul Attale à fixer la tendresse
Dont votre père a droit d'arrêter la promesse.

LAODICE.

Il me faut donc l'aimer, et voir en ennemi
Le roi, celui des deux que mon cœur s'est choisi ?
Que servirait l'effort qu'on se fait à soi-même
D'aimer l'indifférent, de haïr ce qu'on aime?
Que pourrait-il servir de me faire raison
Pour mériter son cœur par une trahison,
Près d'un prince fidèle, et le plus loin peut-être,
D'aimer une perfide et se conduire en traître ?
Cessez donc de vouloir violenter ma foi.
Ne me fuis point, Phénice, et reste auprès de moi !

MITHRIDATE.

Vous résistez en vain quand le péril approche!

LAODICE.

Ah! ménagez mon cœur.

MITHRIDATE.

Evitez son reproche.

SCÈNE III.

MITHRIDATE, LAODICE, NICOMÈDE, PHÉNICE.

NICOMÈDE.

Seigneur, de son palais, le roi vient de s'enfuir.
Quoi! pour si peu d'instants l'a-t-on fait revenir?
Ne bornerez-vous pas le sujet de nos craintes,
Et faut-il chaque jour en écouter les plaintes?

MITHRIDATE.

Eh bien, dans son départ, qui peut vous alarmer?
Est-ce le trône ou lui qu'on vous voit réclamer?
Vous ne perdez jamais cet intérêt de vue.
Seigneur, remettez-vous d'une alarme imprévue;
Le roi n'est point parti.

NICOMÈDE.

Comment? qu'ai-je donc vu?
Et pourquoi dans mon camp m'aurait-il prévenu?
Qu'y venait-il chercher vers mes soldats en armes?
Et quel sujet pour lui me cause ces alarmes?

MITHRIDATE.

Si sans étonnement vous n avez pu le voir,
Le roi, pour peu d'instants, aura pu s'émouvoir;
Mais il va revenir.

NICOMÈDE.

Quand c'est vous qu'il évite !
Quand à fuir dans mon camp son intérêt l'invite,
Que viendrait-il ici chercher auprès de vous,
Qui mettez sous vos lois son sceptre à vos genoux ;
Qui régnez à sa place, et de ses destinées
Par un trop long supplice avancez les années ?
Il revient, dites-vous : ah ! qu'il attende encor
Que votre ambition ait pris un autre essor ?
Ah ! son malheur pour lui serait-il un mystère.
Hélas ! malheureux prince, et que viendrait-il faire ?

MITHRIDATE.

Seigneur, le voyez-vous ? je vous laisse avec lui,
Quelques instants encor consoler son ennui. (*Il sort.*)

NICOMÈDE (*à part.*)

Malheureux ! est-ce ainsi qu'on écoute ses larmes !
Sortons ; et ne rentrons qu'avec son peuple en armes.

SCÈNE IV.

LAODICE , NICOMÈDE, ARIARATE, ATTALE, PHÉNICE.

NICOMÈDE (*à Ariarate.*)

Quoi ! Prince, de ma tente, oser vous écarter ?
Loin d'elle puissiez-vous ne me pas regretter.
Est-ce ici le chemin que vous auriez dû prendre ?
C'est dans mon camp d'abord qu'il fallait vous défendre.

ARIARATE.

Non, de la paix ici je consens à traiter ;
Et la guerre est l'écueil que je dois éviter.

NICOMÈDE.

La provoquer souvent est l'art de s'y soustraire,
Et pour s'y dérober il faut savoir la faire.
        (*à part.*)
Allons, puisqu'à ses torts il ne fait qu'ajouter,
Songeons aux intérêts que je dois écouter.

SCÈNE V.

LAODICE, ARIARATE, ATTALE, PHÉNICE.

ARIARATE.

Oui, Madame, je viens me joindre à votre père,
Et prendre de ses mains un pouvoir nécessaire.
Qu'il consente à l'hymen confirmé par son choix,
Et qu'Attale avec nous puisse exercer ses droits.
De mon retour, Attale, instruisez Mithridate ;
Mon âme à ses bienfaits ne sera point ingrate :
Qu'il fasse ici pour moi comme j'ai fait pour lui,
Et sans crainte à ses vœux promettez mon appui.
J'aurai soin de tenir pour paroles expresses
Tout ce qu'auront pour moi garanti vos promesses.

SCÈNE VI.

LAODICE, ARIARATE, PHÉNICE.

LAODICE.

Vous l'envoyez chargé de messages de paix ;
Et n'êtes pas vous-même à l'abri de leurs traits.
Lorsque pour l'apaiser vous envoyez Attale,
Il prodigue pour lui la pompe nuptiale;
Aux nœuds de notre hymen l'engage au lieu de vous,
Et prétend à vos yeux le nommer mon époux;

Dans l'espoir de venger par une aveugle envie
Le refus qu'à la vôtre il faisait de sa vie ;
Quand je sais que vous-même à ses traits exposé,
N'êtes de cet hymen que l'objet supposé,
Et qu'il ne sera pas maître de sa conquête,
Qu'il viendra sans pitié demander votre tête.
Aux dépens de la sienne il voulait nous unir,
Et la vôtre est le prix de qui va m'obtenir.

ARIARATE.

Madame, ah ! que l'aveu de sa cruelle adresse
A déjà droit pour vous d'alarmer ma tendresse.
Qu'attendre, qu'espérer ? où reporter un cœur
Où règne tant d'amour, qu'étonne tant d'horreur ?

SCÈNE VII.

LAODICE, MITHRIDATE, ARIARATE, GORDIUS,
PHÉNICE.

MITHRIDATE.

Triomphant des soupçons que la peur lui conseille,
De son aveuglement le prince enfin s'éveille ;
Et plus heureusement je le vois revenu
Aux charmes d'un hymen par l'estime obtenu.
Mais, Prince, pour garder votre espérance au trône,
Il faut plus franchement mériter la couronne ;
Régner sans concurrence et sans rivalité,
Que l'on puisse opposer à votre autorité.

ARIARATE.

Je vous entends : jaloux du bonheur de mon règne,
Il faut devant mes droits que tout pouvoir s'éteigne.

Et quel expédient avez-vous résolu
Qui confie à mes mains le pouvoir absolu ?

MITHRIDATE.

Je vous l'ai dit : garder l'autorité royale ;
La posséder vous seul ; en écarter Attale.

ARIARATE.

Attale ! Et quel pouvoir aux droits de souverain
Lui confère un honneur que je tiens en ma main ?
Et quel droit sans ce titre ai-je encor sur sa vie ?

MITHRIDATE.

Celui qu'il peut avoir de vous porter envie.
Et dont il peut pour vous s'étayer tôt ou tard
Si vous ne prévenez ce dangereux hasard.
Son pouvoir, dites-vous, ne vous fait point ombrage ?
Vous n'avez nul sujet d'en redouter d'outrage ;
Et cependant naguère, on vous voit à son nom
Alarmé d'un sujet de fausse trahison.
Ce n'est pas lui, c'est moi que craint votre injustice ;
Il en faut, sans se plaindre, essuyer le supplice.
Vous allez dans l'armée en divulguer le bruit ;
Et même Nicomède en est par vous instruit.
C'est trop contre mon règne exciter de murmures ;
Trop assembler sur moi de vaines impostures !
Viens m'immoler Attale ou succomber pour lui !

ARIARATE.

Et qui m'immolera ?

MITHRIDATE.

De tous deux, l'ennemi !
A défaut de ta main, je lui prête la mienne.

(*Il s'avance pour immoler Ariarate.*)

4

LAODICE.

Mon père, contre un fils déchaîner votre haine !
Retenez ce transport. (*Mithridate, qu'elle retient, passe son
poignard à Gordius qui tue Ariarate.*)

MITHRIDATE.

Gordius, c'est assez,
Et déjà par vos mains ses torts sont effacés.

(*A Attale qui accourt au secours d'Ariarate.*)

Attale, encore un jour ! Je t'ai chargé d'un crime,
Et je reviens demain réclamer ta victime.

SCÈNE VIII ET DERNIÈRE.

LAODICE , ARIARATE (*soutenu par Attale et Laodice*) ,
ATTALE , PHÉNICE , SUITE.

ARIARATE.

Attale, ah ! secourez un frère infortuné ,
Et de la main d'un père encore assassiné !
Il ne veut que nous voir immolés l'un par l'autre,
Content, si par mon rang il s'empare du vôtre !
Loin d'épargner en moi le sang de ses neveux
Et d'estimer en nous deux frères généreux,
Il prétend de tous deux se faire une victime,
Et de nos mains pour elle approfondir l'abîme.
Par mon exemple instruit, d'un traître détrompé,
Redoutez de sa main le coup qui m'a frappé ;
C'est à vous après moi qu'en veut sa barbarie,
Et sa haine en tous deux menace la patrie.
Tous les deux montrons-nous jusqu'au dernier moment
D'une constante foi l'immortel dévoûment.

Je laisse entre vos mains, ma chère Laodice,
Du coup qui vous atteint réparer l'injustice :
Vivez pour voir unis par de nouveaux bienfaits,
Aux droits de nos aïeux l'amour de vos sujets.

ATTALE.

O frère généreux ! ah ! revivez vous-même
Pour être encor long-temps l'honneur du diadème.

LAODICE.

Prince, rassurez-vous ; et conservez en moi
L'amour de vos sujets, les gages de ma foi.

ARIARATE.

Au frère le plus cher trop heureux de vous rendre,
Je vous laisse en des mains qui sauront vous défendre.
Le seul bonheur encor que je puisse goûter,
C'est de serrer les nœuds qu'il fera respecter :
Dans ce dernier adieu que ma main vous unisse !
Conservez mes États, Attale, Laodice.
Consolez-vous, mon frère : et je meurs trop heureux
De laisser en vos mains l'honneur de nos neveux ;
La Cappadoce entière à vos lois réunie,
Et de deux rois rivaux bravant la tyrannie.

FIN D'ARIARATE.

PARIS. — Imp. d'Emile Allard, r. d'Enghien, 14.